Le Crayon Magique de Malala

MALALA
YOUSAFZAI
Prix Nobel de la paix

Illustré par KERASCOËT

Gautier • Languereau

Croyez-vous à la magie ?

Quand j'étais petite, je regardais à la télévision
les aventures d'un enfant qui avait un crayon magique.
S'il avait faim, il dessinait un bol de nourriture, et celui-ci apparaissait.
Si ses amis et lui étaient en danger, il dessinait un policier.
Ce petit héros était toujours prêt à aider les autres.

J'aurais tellement aimé
avoir un crayon magique, moi aussi !

Si j’en avais eu un, j’aurais pu…

… Mettre une serrure à ma porte
pour que mes frères arrêtent
de m’ennuyer.

… Arrêter le temps et dormir
une heure de plus chaque matin.

… Effacer l'odeur de la décharge
qui se trouvait près de notre maison.

Et je l'aurais utilisé pour rendre les gens heureux !
J'aurais dessiné…

… Les plus belles robes
du monde pour ma mère.

… De solides bâtiments dans lesquels mon père
aurait ouvert plein d'écoles gratuites pour les enfants.

… Un vrai ballon de foot à la place de la vieille chaussette remplie de déchets avec laquelle nous jouions, mes frères et moi.

Chaque soir, avant de me coucher,
je faisais le vœu de recevoir
un crayon magique.

Chaque matin, à mon réveil,
j'ouvrais le tiroir de ma table de nuit…

… mais le crayon magique
ne s'y trouvait jamais.

Un jour, je suis allée jeter des pelures de pommes de terre et des coquilles d'œufs à la décharge. Je me bouchais le nez, chassais les mouches et faisais bien attention de ne pas salir mes jolies chaussures, quand j'ai vu une fille de mon âge en train de trier une pile d'ordures.

Près d'elle, deux garçons repêchaient de la ferraille
avec des cordes munies d'aimants.

Lorsque mon père est rentré de son travail,
je lui ai raconté ce que j'avais vu. Cela l'a rendu triste.
« Papa ? ai-je dit.
– Oui, *jani* ? » répondit-il.
J'adorais quand il m'appelait *jani*, ça veut dire « chérie ».
« Pourquoi n'ai-je pas vu cette fille dans ma classe ?
– Parce que… dit-il avant de s'interrompre un moment.
Parce que, *jani*, dans notre pays, les gens n'envoient
pas toujours leurs filles à l'école. Et puis certains enfants
doivent travailler pour aider leur famille.
Ces garçons vendront toute la ferraille trouvée.
S'ils allaient à l'école, leurs familles mourraient de faim. »

L'école était mon endroit préféré. Je n'avais jamais pensé
que c'était une chance de pouvoir y aller.

Mon père avait toujours dit :
« Malala vivra libre comme un oiseau. »

À présent, je me demandais à quel point je pourrais être libre…

Cette nuit-là, j'ai pensé aux familles qui n'avaient pas assez à manger.
Et à la petite fille qui ne pouvait pas aller à l'école.
Et j'ai même pensé au fait que, plus grande, je serais obligée
de cuisiner et de tenir la maison pour mes frères parce que,
dans le pays d'où je viens, beaucoup de filles
ne sont pas autorisées à vivre leurs rêves.

J'ai alors compris que si j'avais eu un crayon magique,
j'aurais dessiné un monde meilleur, un monde en paix.

D'abord, j'aurais effacé la guerre,
la pauvreté et la faim.
Ensuite, j'aurais dessiné des filles
et des garçons égaux entre eux.

Pendant les années qui ont suivi,
je n'ai plus souhaité avoir un crayon magique.
À la place, chaque jour, j'ai travaillé dur à l'école.
Je voulais faire partie des meilleures de ma classe.

Malheureusement, peu après, des hommes puissants et dangereux ont déclaré que les filles n'avaient plus le droit d'aller à l'école.

Désormais, ils parcouraient les rues
de notre ville avec des armes.

Une par une, les filles cessèrent de suivre les cours.

« Papa, où sont les autres élèves ?

– Elles ne se sentent plus en sécurité ici, *jani*. »

Comment était-il possible qu'un aussi petit nombre d'hommes ait pu empêcher les filles de ma vallée d'aller à l'école ? Puis, j'ai réfléchi : si tout le monde savait ce qui nous arrivait, on pourrait peut-être nous aider.

Le souhaiter ne suffisait pas. Quelqu'un devait en parler.

Pourquoi pas moi ?

Je me suis mise à écrire.
J'ai expliqué ce que c'était que d'avoir peur d'aller à l'école
et j'ai parlé de mes amies qui avaient déménagé
pour fuir la menace qu'elles affrontaient dans notre ville.
J'ai raconté combien j'aimais l'école
et comme j'étais fière d'en porter l'uniforme.

Une fois que j'ai commencé à écrire, je ne me suis plus arrêtée.
J'ai rédigé des discours, j'ai voyagé dans tout le pays afin de partager mon histoire. J'ai même répondu au journaliste d'un quotidien international très connu !
Les gens voulaient vraiment connaître ma vie.
Et moi, j'ai parlé au nom de toutes les filles de ma vallée qui, elles, ne pouvaient pas s'exprimer.

Ma voix est devenue si puissante
que les hommes dangereux ont voulu me faire taire.

Ils ont échoué.

You are HOPE
and inspiration for all of us
WE
Education is A RIGHT
BRAVE MALALA
NON À LA TERREUR
OUI À L'ÉDUCAT
MALALA
MALALA
MALALA YOU ARE THE PRIDE OF PAKISTAN

Maintenant, ma voix est plus forte que jamais.
Plus forte parce que d'autres gens m'ont rejointe
et qu'ensemble, nous défendons en chœur ce en quoi nous croyons.
Nous…
… Élevons nos voix pour ceux qui en ont besoin.
… Aidons les personnes menacées, même s'il y a un océan entre elles et nous.
… Pensons le monde comme une seule et même famille.

Croyez-vous toujours à la magie ?

Moi oui.

J'écris seule dans ma chambre, mais des gens lisent
mon histoire dans le monde entier.
Des millions d'entre eux me connaissent
et m'aident à partager mon message d'espoir.
Très souvent, nous découvrons la valeur de nos voix
lorsque nous sommes réduits au silence,
exactement comme nous comprenons l'importance
de la lumière une fois dans l'obscurité. J'ai enfin trouvé
la magie que je cherchais, dans mes mots et mon travail.

Je suis Malala. J'ai toujours souhaité faire de ce monde
un endroit plus paisible…
… et tous les jours, je travaille pour que mon vœu se réalise.

Un enfant, un professeur,
un livre et un crayon
peuvent changer le monde.

Chers amis,

Quand j'étais petite, je regardais une série télévisée appelée *Shaka Laka Boom Boom*. C'était l'histoire de Sanju, un jeune garçon qui pouvait faire apparaître toutes sortes d'objets avec un crayon magique. Sanju et ses amis s'attiraient toujours des ennuis, et le crayon magique les aidait à en sortir.

Les premières années de mon enfance ont été relativement paisibles. J'ai grandi dans la magnifique vallée de Swat, au nord-ouest du Pakistan. Avec deux petits frères turbulents, j'étais la seule fille d'une mère solide et d'un père remarquable, alors directeur d'école.

J'avais dix ans lorsque les conflits ont atteint ma vallée et que l'on a interdit aux filles de s'instruire. Au début, je me suis dit : « Que faire ? Je ne suis qu'une enfant… » Puis j'ai vu mon père défendre l'éducation des filles et j'ai compris que j'avais, moi aussi, voix au chapitre. Enfants, nous nous sentons impuissants. Nous comptons sur les adultes pour affronter les problèmes sérieux. Pourtant, quand un réel danger a menacé mon droit d'aller à l'école, je me suis sentie plus forte que jamais et j'ai compris que ma voix avait un pouvoir. J'avais rêvé du crayon magique de Sanju. Maintenant, je sais que lorsque l'on trouve les mots pour dire les choses, n'importe quel crayon peut devenir magique.

J'espère que mon histoire vous permettra de découvrir la magie dans votre vie quotidienne et d'oser dire ce en quoi vous croyez. La magie est partout dans le monde : dans la connaissance, la beauté, l'amour, la paix. Elle est en vous, parmi vos mots, dans votre voix.

Malala

À PROPOS DE MALALA YOUSAFZAI

Malala Yousafzai s'est fait connaître du public en écrivant, sous le pseudonyme de Gul Makai, l'histoire de sa vie durant l'occupation des talibans.
Ces derniers avaient interdit aux filles de sa région d'aller à l'école. Malala commença à parler en public de l'éducation des filles de sa communauté. En octobre 2012, elle fut la cible des talibans, qui l'attaquèrent alors qu'elle rentrait chez elle. Miraculeusement, elle survécut et continua sa campagne.

Aujourd'hui, elle vit avec sa famille à Birmingham, au Royaume-Uni, mais elle voyage dans le monde entier pour parler de l'importance de l'accès universel à l'éducation. Parmi les 130 millions de filles privées d'école dans le monde, beaucoup sont des réfugiées. Ainsi, en 2015 et 2016, la Fondation Malala a ouvert des écoles au Liban et en Jordanie pour les réfugiés syriens.

En reconnaissance de son courage et de la force de son message, Malala a reçu en 2011, au Pakistan, le Prix national de la jeunesse pour la paix. En 2013, elle a été honorée du prix Sakharov pour la liberté de l'esprit du Parlement européen et la même année, elle a reçu le Prix ambassadeur de la conscience d'Amnesty international. Enfin, en 2014, elle a été la plus jeune lauréate du prix Nobel de la paix (qu'elle a partagé avec l'Indien Kailash Satyarthi).

Moi, petite fille.

Avec les trophées de mon école.

Avec ma famille à Birmingham, au Royaume-Uni.

Publié pour la première fois en octobre 2017
par Little, Brown and Company,
une division de Hachette Book Group, Inc.,
aux États-Unis, sous le titre *Malala's Magic Pencil*.
1290 Avenue of the Americas, New York, NY 10104

Adaptation française : Sophie Koechlin
Lecture-correction : Myriam Blanc
Mise en page : Eddy Pierrel

58, rue Jean Bleuzen – CS 70007 – 92178 Vanves
ISBN : 978-2-01-702460-6 – Dépôt légal : octobre 2017 – Édition 01
Imprimé en Espagne par Graficas Estella. Achevé d'imprimer en octobre 2017.
Loi n° 49-956 du 16 juillet 1949 sur les publications destinées à la jeunesse.